CB081410

dandá costa

escritora, compositora, música e educadora. integrou o coletivo *a mandíbula*, realizando ações a partir do diálogo entre a literatura e outras expressões artísticas como a performance, o vídeo e a intervenção urbana. publicou seu primeiro volume de poemas, *contíguo* (Patuá, 2013), e o infantojuvenil *céu-tamanho* (MOVPalavras, 2015), ilustrado por Veridiana Scarpelli. fez a direção musical dos espetáculos *Cantos de um naufrágio esquecido* (2016) e *Aroé — CorpoVestígio* (2017). em 2019 lançou *OGÓ*, seu primeiro disco de canções autorais. atua em diferentes instituições de ensino formal e informal — e para além delas —, fomentando a criação literária como ferramenta de expressividade e resistência. é mais do que qualquer coisa pai de maria.

CAVALOS SOLTOS

dandá costa

editora Urutau
primeira edição
2019

O —

editora Urutau

rua adolpho arruda, 41
jardim das laranjeiras 12910 455
bragança paulista-sp
brasil

[+55] 11 948 592 426

contato@editoraurutau.com.br
www.editoraurutau.com.br

[editores]
tiago fabris rendelli & wladimir vaz
[revisão]
diogo da costa ruffato
[diagramação]
victor prado
[capa]
wladimir vaz

© costa, 2019.

Dados Internacionais de Catalogação
na Publicação (cip) — Vagner Rodolfo da Silva CRB-8/9410

G982c costa, dandá
cavalos soltos / dandá costa. — bragança paulista, sp: urutau,
2019. 112 p.; 14cm x 19,5cm.

ISBN • 978-85-7105-087-7

1. Literatura brasileira. 2. Poesia I. Título.

cdd 869.1
cdU 821.134.3(81)-1

sumário

pele de cavalo

pluma de cavalo

Bem te conheço, voz dispersa
nas quebradas,
manténs vivas as coisas
nomeadas.
Que seria delas sem o apelo
à existência,
e quantas feneceram em sigilo
se a essência
é o nome, segredo egípcio que recolho
para gerir o mundo no meu verso?
para viver eu mesmo de palavra?
para vos ressuscitar a todos, mortos
esvaídos no espaço, nos compêndios?

— Carlos Drummond de Andrade

canção de acordar

ninguém mais dorme
de tanto sono
que tem

ninguém nem come
tanta é a fome
que dá

quem não caleja
mais que peleja
não vem

quem falta força
mata quem lhe
deixa sem

voz de cavalo

ponha-se no meu lugar
e veja como sofre um homem infeliz
que teve que desabafar
dizendo a todo mundo
o que ninguém diz

— Dorival Caymmi

cabresto

para Renaides Pereira da Costa

até a borda
da pessoa
a palavra avança

falta molhar tudo

mas parece
que conforme
o prato enche
mesmo jeito
ele se alarga

no espichar da louça
da beirada até
o meio, o prato
vai se afinando
até ficar pendente
pra caco

e a dor de se ranger
esse silêncio
dentro do objeto
parece uma
cerâmica ao contrário

fazendo tanto
tudo ser um
barro frouxo
feito de água
e manuseio

que quem
dera era
a palavra uma
pessoa calada

donizete

as aves voltam.
os sonhos ficam
nos quintais
das outras casas.

Donizete Galvão

desde o dia
em que donizete
não voltou
sem suspeita
esforço-me em
me convencer
de que não
éramos assim
grandes amigos
como os outros
velhos amigos
que ele tinha
e muita vez
até consigo
afinal
não conhecia
assim tão bem
a sua obra
sua pessoa

uma vez num
outro dia
haveria eu
de escrever
algum poema
sobre a ida
sem voltar
de donizete
mas não fiz

certamente
pelo fato
de que ali
não haveria
então partido
algum amigo
assim tão próximo
imenso
dessa vida e
foi sem ter o
meu poema
a donizete
a antologia

vez ou outra
me acontece
lendo uns versos
do poeta
uma saudade
que é como
a de um
menino que não

tivesse um pai
mas fizesse
donizete, esse poeta,
de padrinho
e mal ganhasse
a bênção já
perdesse o homem

mas só pode
ser disfarce
esse teatro
da saudade
afinal nem
houve tempo
pra que eu
e donizete
nos sentássemos
mais do que uma
tarde inteira
estando os dois
de fato assim
bem à vontade
sem ter de
puxar assunto
no silêncio
incomodados

tanto tempo
o donizete
tendo ido
tão embora

pra não mais
e eu aqui
só nessa hora
a lhe deitar
essas palavras

coisa estranha
como disse
toda vez
de ler aquilo
que esse homem
fez escrito
dá nas costas
a saudade
sei que a gente
mal nem pouco
se conhece
ou conheceu
mas eu choro
fico besta
uma saudade
atordoado mesmo
sei lá o que
como se fosse
um sobrenatural
coisa de minas
a saudade
olha ela aí
já vem o choro
eu fico assim
você não fica?

eu sempre fico
mas não é bem isso
será esse
o sentimento?
pensando bem
será saudade
isso que bate?

arde aceso
não desmonta
a coluna
se enrijece
a cabeça
se aquieta
a vista
não procura
a pessoa
não se ausenta
não há de ser
não era bem
essa palavra
é outra coisa
quando eu leio
o donizete
é diferente
da saudade
não é ela
é o contrário
que ela faz
uma outra coisa
é uma presença

presente

para Isabela Morais

De minha garganta as canções explodem
Em pontas de faca rasgando o espaço
E vêm minha luta ajudar

Milton Nascimento, Danilo Caymmi
e Ronaldo Bastos

o trem desliza
pelos rumos
e nunca chega
a minas

onde é que
se acabam os
trilhos do mundo
eu não sei

hoje eu não
chego aí pra festa
não, zabé

falta boi nesse
vagão pra

cavalgar com
pertinência

mas ouvindo o som
do estribilho
dessa roda em trilho
rijo, refilando
repetido
teve um canto
que inventei
pra te cantar:

ô, zabé,
cê mora onde,
zabé das minas
gerais?

moro lá
quando é distante
onde estou
ficou pra trás

ê, zabé,
cê tá pra onde?
ê, isabela
morais?

no destino
das passagens
de trens que
não voltam mais.

é bonita
essa toada
né, zabé,
você não acha?

não carrega
de algum jeito
a alma da gente
uma pra outra
como que pra
se encontrar
pessoalmente?

semelhanças

para Ana Martins Marques

por tantas das vezes
como hoje mesmo
passo o dia inteiro
prostrado entre
páginas de um livro
novo de poesia

da 72
um poema veio
regendo o começo
do dia e me pôs em
páginas de um livro
novo de poesia

como quem trabalha
lá dentro do texto o
dia todo a esmo
feito atordoado nas
páginas de um livro
novo de poesia

e é por semelhanças
de vida e poema

que ataca a zonzeira
em quem lê tantas
páginas de um livro
novo de poesia

quem manda um recado
pra nenhuma antena,
como quem acena
sem mãos do outro lado? as
páginas de um livro
novo de poesia?

saberia se é
um igual quem reza
noutra mente co'aquelas
tais palavras dessas
páginas de um livro
novo de poesia?

aquelas palavras
seriam as mesmas
pra quem as escreveu
e pra quem ampara as
páginas de um livro
novo de poesia?

ou seriam estas
já outras, libertas
palavras aquelas?
feito fossem pétalas
páginas de um livro
novo de poesia

eu ia dizendo,
página setenta
e dois e o poema
saltando de dentro das
páginas de um livro
novo de poesia

calando a palavra
regendo o silêncio
de chumbo que esteja
no fundo de todas as
páginas de um livro
novo de poesia

e em seguida ali
na 73
um outro poema
te olha e te ri nas
páginas de um livro
novo de poesia

e aquilo é de todo —
findado o expediente
fui ler o poema — é
de todo alvoroço que
páginas de um livro
novo de poesia

fariam soltar.
para além das cercas

seus cavalos, setas
sem direção, ásperas
páginas de um livro
novo de poesia

sabedoria

para Luana Fida

ele é menino, tem as
tolice dele
mas todo o
mundo tem a sua

tem fio que
não adianta
não faz emenda

mas passa vida
volta vida
não tem jeito

a gente parece
que nunca aprende
nem muda nem
fala ou ensina
nada sozinho
mesmo

solilóquio

quando digo solilóquio
há como uma
vontade, que é de quando
digo esperança, que
não é coisa que se
faz ser concreta
quando se está
sem fazer nada
sempre quando nada
daquilo que se espera
ainda nem sequer existe
assim como quando agora
grifas estes fonemas
áfonos aqui com
os olhos, comigo
quando estamos na
verdade com
saudade
sem nem mesmo ter
havido descoberta
um do outro
ou despedida
quando sempre
enquanto falo

nesta tinta é
talvez como quando
se estivéssemos
calados toda a vida
ou quando como
se a um grito
de distância fosse
a praia que enuncias
e a nau com que firo
de palavras o mar
ou como quando
encontramos eu
e tu exatamente aquilo
que buscávamos
coisa que não
acontece, pois é
quando não há como
alcançar um algo
que, portanto, continuamos
como quando cabras
sorvem do terreno
mesmo secas as
palavras que
se escrevo não profiro
pois és tu
quem se encarrega
disso de dizê-las
ou se quando
lês de voz assim
calada, talvez saibas
de um segredo que nem

mesmo quando contas
é possível revelar
como quando mesmo
nada realmente produtivo
aqui se dá
ou pelo menos
é de praxe
que se pense
que se lemos
ou fazemos um
poema, um bocado
de pó se acumule
feito monumento
sobre as horas nos
ponteiros adestrados
quando é certo
irrefutável, que se falo
em solilóquio
é que o pouso
do outro lado
do diálogo ainda
almejo e se isso é
como quando
uma vontade
uma esperança
que se empoeirem
os ponteiros mais
dotados de
horários e que
seja isso de estar
aqui à tua

vista e tu
à minha, que isso
seja como
quando se
empunhássemos
contra todo o automático
e os relógios da
matéria mais blindada
o nosso instante
de dizer de
um lábio ao outro
olá, você,
que noite imensa
e que prazer
em conhecer-se
assim a gente
e assim dizendo fosse
como quando
se fundássemos
num uníssono
de úteros
como quando
se falássemos
na linguagem de um
espasmo no organismo
esse mesmo solilóquio
que a princípio
fora dito

pasto de cavalo

luz, câmera e ação
gravando, a cena vai
um bastardo, mais um filho pardo sem pai
ei, senhor de engenho, eu sei bem quem você é
sozinho cê não guenta
sozinho cê não entra a pé

— Mano Brown

sustento

Que fabricas tu?

Carlos Drummond de Andrade

dá licença
de dizer
palavra, senhorio

se eu falar
e não servir
de muita coisa
é que é canto
pr'outro ouvido
o que se canta

dá licença, maquinário,
de fazer umas
vontades que inventei

toda matula
tem seu peso
a minha
também tem

dá licença
de botar minha

bagagem descansada
no sofá da sua sala,
seu doutor

que viola
não se toca
só com calo
de enxada e
nem com lombo
carregado

dá licença
ô, minha viola,
de cantar
pro moço aí
de cantar
pr'essa cidade
que é quem paga
mesmo sendo
mixaria

mó'di quê
só de saudade
de outro tempo
de outra terra
ou de vontades
de outra vida
não se vive
não se come
não se merca
nem se cumpre
com aluguel

epifania

foi andando
de ônibus
assistindo a um
vídeo pela
tela do telefone
e tomando uma
coca-cola gasta
com fome
que entendi

que quem andava
na verdade era
a paisagem programada
da janela do ônibus, que
quem assistia a mim
e decorava meus
desejos eram os *pixels*
cravados à espreita
na tela do telefone
e me afanando até a fome
quem verdadeiramente
me tomava por inteiro
era a coca-cola gasta
que eu cria
sob meu governo

libambo

É preciso cuidado
por que não se acompasse
o pulso do relógio
com o pulso do sangue

João Cabral de Melo Neto

relatório

uma linha
inteirinha atrás
da outra para
dizer só na entrelinha
mais discreta

*

mérito

lembrando que
quem entra primeiro no vagão
é porque já teve a chance
de perder um trem
inteiro pelo menos

*

recesso

é tanta semana ainda
pela frente
que até os domingos
se desempregaram

*

semana

é uma coisa complicada
isso
já tem tanto
tempo que eu não
acordo
não vejo você

*

aluguel

a gente pisa nessa terra
a gente pisa nela
pisa pisa anda e ela

parece que não
conhece nosso peso

*

à vista

diz que aqui nessa cidade
são imensamente mais
sóis os que se põem
do que os que nascem

*

motivação

como se os
mais precisos
movimentos da dança
se lapidassem
ao peso do açoite

crônica

hoje já faz vinte anos
decidi que vou começar a dançar
perdi uma canção por completa distração essa semana
procurei livros que não tenho mais, foram emprestados
vi jonathan cantar finalmente
como é bom poder voltar aqui
peguei uns sete trens até chegar
do lado de lá não tem mais volta
sete mensagens seguidas sem visualização
mas a senhora tá boa mesmo?
como é que faz pra seguir nessa rua seguinte?
outro dia quis tanto te ver sem motivo
comprei uma pra mim pra não ter que depender mais de ninguém aqui
andei na calçada sem ter pra quem dizer
é essa vida na cidade
tranquei minha casa só pela metade de manhã
não sei não quando eu consigo voltar, tá complicado
comi um chiclete até engolir no caminho
não vi ninguém o mês inteiro
parece que a gente só gasta o que não tem
foi quando eu descobri essa doença

baldio

A herança que se obtém
com ganância no princípio,
no final não será abençoada.
Provérbios 20:21

são anos sem ter veredito
um filho deseja vender
e na divisão ter a justa vantagem
de filho favorito
um outro quer tudo por escrito
em seu nome no papel
muito bem passado a limpo
pra poder guardar depois
no seu jazigo
ou no céu, como ele diz
a filha não liga, tá bem
casa, visto e marido
mansão, bem de vida
um bocado de terra no sul
dos estados unidos

enquanto seu dono não vem
e a quadrilha prossegue a peleja
quem planta cereja, caju, mamoeiro
feijão, mandioca

um milharal inteiro
quem lavra na lida da terra
daquele terreno
cravado na avenida
é o caseiro, a mulher
e os três filhos
dois marmanjo e uma menina
que moram na casa
mais velha do fundo
por trás do matagal de urtiga

jeca

para André Luís dos Santos

E atrás das colunas que agarram o ar
Uns tantos se espremem sentindo os mormaços
Nas sombras de uns poucos que miram os espaços
Cantando ciranda na beira do mar

Siba

do lugar
de onde eu venho
toda gente lá
já nasce mais
calada que palmeira
mais que deus

como lá
ninguém não
fala, só há escolas
de cavalos, não
há telefone e som
só de cascos

desse modo
tão calado
vai-se o povo até
a morte e vez
em quando, em vida e sorte
alguém relincha

toda gente
lá bem sabe
da desgraça que é
ter voz, ter a
fala, ter a voz só
na palavra

mas se chora
chora muito
qualquer dor tem lá
motivo e cada
lágrima se dá dentro
do outro

quando muda
pra cidade a
gente cinde o sen-
timento e dá
na gente uma dure-
za na dor

na cidade
outro é o mundo
mesmo o povo ten-
do estudo ten-

do língua, tendo tudo
falta muito

na cidade
povo xucro
não se tem faci-
lidade pra
chorar como se faz
de onde eu vim

mas na cidade
é até bom
sem ter onde armar
raiz, sem
ter voz como
costume, toda gente
que aqui chega de algum
outro paradeiro
é por si só um lugar

peito de cavalo

eu me vesti de noite
eu me cobri de noite
acesa
e meu cavalo não precisa sela
para cavalgar

— Alessandra Leão

cavalo solto

a passear o peito de quem ama

Carlos Drummond de Andrade

meus poemas, os dos outros,
especialmente os de
amor que lhe dedico

nunca servirão de nada
não provocarão um suspiro
só que seja

e você nem vai se lembrar
do que eles dizem

porque
por mais
      que eu creia
assim,
            deste modo tão secreto,
     que um poema
                    possa
              carregar algum amor

o amor, esse asceta,
  não se locomove

por essas
e nem
pelas
mais frias
e férreas
maquinarias humanas

jazida

O corpo em si, mistério: o nu, cortina
de outro corpo, jamais apreendido,
assim como a palavra esconde outra
voz, prima e vera, ausente de sentido

Carlos Drummond de Andrade

há por toda
a casa azulejos
sem lugar

não porque pelas
          paredes falte
                    espaço ou pelo
               talvez fato
          de que essas
          peças não caibam
          em suas enquadradas
                         vagas

          é que, por mais
                         que haja blandícia
                              e compromisso nesse encaixe
                              entre o rijo do ladrilho
  e o úmido da argamassa,

é como se ao
se ornarem nos rejuntes
ao redor em
combinações lineares
alguns dos azulejos
se entregassem ao efeito
volumoso do atrito
logo que seco o elo
que os afixa
e então,
sem explícita
vontade ou explicação,
se desprendessem
das paredes
rumo ao
chão

(o que sobra dessa queda,
se vasculhares bem
os escombros
é algo como quando
duas vozes movidas
pelo amor ou sua lavra
estabelecem alguma comunicação)

revolteio

essa mulher
entrou no vagão
como o desejo
de uma manada
sob grilhões

inaugurou meu
corpo como
uma constelação
que perde o nome

arrombou a jornada
do dia como quem
toma a história e depois
um copo d'água

depôs-me por
dentro como
quem engole
do falo o seu
significado

despiu-me da
fantasmagoria organizada

de meu rosto como
quem perscruta
o gozo

matou-me no assento
ao lado como quem
com o largo
da cintura em
revolteios gesta
e gere o destino
das almas a cor
dessa tinta
o lume da
carne o sexo
dos outros

tormenta

Num mesmo instante eu vejo a flor
Que desabrocha e se desfaz

Chico Buarque e Dominguinhos

vai
maneja o manche
em tuas direções
teus ventos

minha nau
parece atada
à toa
na popa da tua
mas tem proa própria
navega
mesmo que bêbada

com teus dedos,
de anéis
tempestuosos em órbita,
lastras mastro no mar,
mas as ondas,
tu sabes,
sequer ensaiam solo,
permanecem vagas.

afinal é mesmo esse
o lamoso nome
que lhes dão:
vagas. não te lembras
dos mapas?

é tempo de tormenta
mas de horas como esta
não se faz
navegação nenhuma inteira

melhor no mar
é o maleável

se num mangue
já se firma sem certeza
uma bandeira e peixe lá
só caranguejo
de nada valerão
raízes
nesses pélagos
daqui

a não ser
que sejam remos
rijos conjuntos
plantando-se no mais
inédito sal a cada
mergulho

a pessoa da gente
é sem volta
feita das lavras
de deus
de um ensinamento
ou de outro
e de teima na procela

sem volta também é
o cais e suas despedidas

mas, mesmo que repetido,
sempre que concede
uma partida, novos mares
arquiteta e anuncia

consolo

Perdeste o melhor amigo.
Não tentaste qualquer viagem.
Não possuis carro, navio, terra.
Mas tens um cão.

Carlos Drummond de Andrade

vou te falar um negócio
preciso te falar uma coisa
mas vou te dizer na verdade
uma outra

quer dizer que eu vou te perguntar
viu, mas cê tem um plano, cê já sabe
o que cê vai fazer?

querendo dizer na verdade
que eu é que já tenho um plano
que por esse ano passado e vivido
não tem nem mais jeito
eu tô fora
não vai ter mais nenhum não

você quer dizer que não
que não tem plano nenhum

que é mesmo o que você não tem
e tudo bem

mas aí você diz pra mim que não
que cê tem um plano
e que tem jeito da vida melhorar

eu até acredito um pouco
mas a gente sabe que não dá pra
ser mais desse jeito que tá e tal
fica uma esperança
meio angústia meio aval

aí vem o mar
atraca à nossa frente
num tamanho que não para
sem uma resposta pra dar
fala cada palavra na cabeça
se ancora ali na vista
e não sai

ela

me tira do meu lugar
do eixo frouxo
que é o homem
manda eu dormir
largar desses poemas
não sento um minuto
não sobra um domingo
uma mentira que sirva
é assim desse jeito
e pronto e não tem
como, não tem
outro amor
me joga do alto
pra dentro
me larga de mão
amparando
me deixa com nada
na cara
não tenho sossego
não guardo segredo
me deixa sem casca
me deixa sem texto
me move pra casa
me dá movimento

me enraíza e em seguida
me arranca do chão
discorda do que
quer que eu diga
com toda razão

doméstico

são as mulheres que
fazem chorar as cebolas

Bénédicte Houart

fizeste o café?
cometeste os enganos?
lavaste todos os pés?
tomaste alguma decisão?
cedeste a outra face?
e a outra ainda?
vestiste-te assim?
calaste sob o castigo?
voltaste atrás no pecado?
o corpo, onde o tocaste?
cataste as pedras atiradas?
veneraste nosso deus viril?
segredaste teus odores?
deixaste cair a chuva?
colheste toda a plantação?
domesticaste todos os animais?

conselho

e toda vez que me perguntam
mas e vocês, ainda se amam
é como se o amor
fosse um herói infalível
a atravessar mares
até seu inevitável descanso
no mesmo lugar sem males
de onde brotou, como atestam os livros sagrados
as piores comédias românticas
e os poucos casais de velhos com seus
segredos familiares que jamais serão assunto
parece um amor que vai no rumo
desse lugar sem monstros aguardando por nos engolir
ao fim de uma cachoeira infinita
de onde despenca toda a água do mar
que os monstros bebem ininterruptamente
torcendo por encontrar algo mastigável
quando me perguntam se o amor está ainda em nós
é como se estivesse garantida a navegação infindável
do amor num planeta pretensiosamente esférico
a dar voltas e oferecer todos os perigos
que ele, sabedor de seu épico destino, contorna
sem grandes revolteios e cheio de ideias brilhantes contra sereias
armado de espadas tão certeiras quanto afiadas

a dar conta dos acessos a que o peito nos leva
quando é bem mais do que de batalhas vencidas
o que o amor cotidianamente aprende a precisar
e então repete-se a pergunta
mas vocês ainda se amam, não se amam
e é como se o amor, esse herói sem fim
depusesse um a um os vilões que ele próprio conjura
pois o amor não quer pouco
ele mobília os cômodos, cria animais afetuosos
que precisa alimentar diariamente
duas vezes ao dia limpar-lhes a sujeira
o amor arquiteta outra pessoa na gente
cava um ninho em tamanho suficiente para caber
um corpo humano dentro de outro
o amor, desleixado, faz poemas
sequer imagina de que maneira se maneja
o navio no qual deseja atravessar o oceano
levanta-se da cama mesmo antes de pegar no sono
tem colchões desconfortáveis
mal paga as contas do mês
se agarra nas horas que não voltam
comete enganos e chega a se reerguer por muitas vezes
mas com força variável e cansaço renovado
faz cálculos com margens de erro maiores que os números
o amor, me perguntam, ainda existe
esse mesmo, conhecido
o amor, esse deus dentro
e então respondo que sim
que é claro, que é preciso
que ele existe e que eu o sinto
e não só eu

e que o amor é mais que isso de existir
ele é um deus desconhecido
sem grande sucesso na carreira
que não se vira só na vida
não move montanhas nem faz uma janta sozinho
que se fosse o amor a única prerrogativa
a última boia do naufrágio
ou mesmo o mar inteiro
haveria os predadores, as mudanças climáticas
as nuvens de areia que saltam de um continente a outro
dando lugar a novos desertos
que amor é um troço complexo
bem mais do que se imagina e do que os conselhos atestam
ele luta com firmeza, é mesmo um gigante
e ocupa todos os metros do mundo
mas não está livre das suas fragilidades
não se fecha hermético acima de todos os medos
impávido e sem necessários auxílios
e então vem a réplica que escuto estarrecido
dizendo que isso tudo que eu digo
esse emaranhado de versos tão pouco sucinto
não se assemelha a nenhum herói pelos livros
dizendo que o amor não é isso
esse é muito difícil, não é possível
o amor quando é ele mesmo, replicam
passa por qualquer dos conflitos
(e aqui vem a parte que me provoca um triste e interno riso)
e mais do que tudo, o amor, esse vício,
ele é muito, muito bonito

cotio

um amor que vem
faz uma lufada no tórax
dá gastura nas cicatrizes
nos dentes nos calcanhares
a gente sabe que não dá
não vai não tem nem como ser
ninguém daria conta não sobra espaço
e a gente fica pensando que não é
durante todo o tempo que demora
enquanto sorrateiro ele se aloja
se atamanhando na gente por toda parte sem volta
todo esse tempo a gente estranha
que ele esteja aqui, diz que não está
que não é possível que se tome assim
todo o espaço que pode ocupar
até que vem a hora em que o amor
salta a galopar embora desembestado
e fica claro que ele realmente veio

pele de cavalo

E se, de repente
A gente não sentisse
A dor que a gente finge
E sente
Se, de repente
A gente distraísse
O ferro do suplício
Ao som de uma canção

— Chico Buarque

cavalo

Entre a subjetividade formal das almas
e a materialidade substancial dos organismos,
há esse plano central que é o corpo
como feixe de afecções e capacidades,
e que é a origem das perspectivas.

Eduardo Viveiros de Castro

vem a mim
um outro corpo

veste-me
de si

viro o novo
corpo e sua voz

vamos à galope
e essa roupa que visto
é um lugar
de fala nosso

um enunciado
que escapa
em meio à
comunicação

somos então esse rito
casco firme, sem ter hora
mais saliva que palavra
tendo texto sob a pele
e nada morto

depois
de faladas as palavras
e tomada toda a cachaça

dispo-me daquele
corpo outro

e o corpo com
que me deparo
está então
descascado
nu do que era
já deposto

é agora tão outro
que o que
outrora eu já fora
em corpo, em voz
em obra, embora
sobre o mesmo
chão e as mesmas
plantas do pé
agora mais do que nunca
ergue-se como
um corpo inédito

confissão

Nonne cognoscent omnes,
qui operantur iniquitatem,
qui devorant plebem meant,
ut cibum panis.[1]

Salmos 14:4

o réu wellington
kyririn[2] brasileiro
vulgo "índio"
quarenta e sete
anos auxiliar
de zeladoria
encontrado em
flagrante exercendo
rituais com base na
nudez e no
uso de substâncias
ilícitas em propriedade
privada alheia

[1] Sl 14:4 [Não terão conhecimento os obreiros da iniquidade, que comem o meu povo como se comessem pão?]. Trecho retirado do *Sermão de Santo Antônio aos Peixes*, de Antônio Vieira.
[2] Palavra do tupi antigo para designar a qualidade de "calado", "silenciado", "quieto".

deseja
declarar que

é responsável
pela invasão
do apartamento cento
e vinte e cinco
do edifício maison
royale localizado
no endereço rua
dos tupiniquins
número dois mil
novecentos e doze
propriedade do senhor
sérgio vasconcelos
guttenmann de castro
cinquenta e quatro
anos endocrinologista

wellington alega
não se lembrar
do que o levou
a agir de uma
maneira que
achava que
estava possuído
ocasionando
intervenção policial
que não pode
ser caracterizada
como tortura

visto que
o réu
estava fora
de controle
violento agredindo
e precisou
ser contido

"índio" também
agradece ao
doutor sérgio
pelo seu bom
procedimento ao
encaminhar ele
wellington *kyririn*
brasileiro
às forças policiais
que agiram de
acordo com
as suas leis
para contê-lo
pois assim
foi necessário

o réu agradece também
a simpatia e
a cordialidade
do doutor sérgio
nesses dezessete
anos de serviço
obrigado

postura

levei cinquenta
e sete anos
para erguer esta
coluna que agora
vês enrijecida
cinquenta e sete
anos a nado no
breu dos ossos
uma idade inteira
de luta contra
a gravidade curva
deste sustentáculo
às minhas costas
e se não lhe desse
essa vida
toda em trabalho
edificado
e riscos poupados
nunca se
manteria rijo
em linha reta
este relâmpago
cervical
que agora
eleva-se altivo

diante de ti
a prenunciar o estrondo
de sua queda

épica

para Alessandra Queiroz

onde é que
tu moras quando
não tens
teatro na cara?

quando estás
viva onde
a alma cora
sem máscara?

onde te
escondes das
luzes quando
não trajas cortinas?

quando cometes
mentiras onde
é solo movediço
em vez de palco
o que pisas?

quem é que
tu
mesmo sendo

não és
nem seria
afinal nesta
cena?

como no corpo
as vozes dos
outros ensaiam
a manufatura
inventada do
sujeito e seu real?

nativo

para Rodrigo Campos

a novela que passa
no ponto de ônibus
toda manhã
é a vida de seu arismar
do outro lado da rua

levanta cedo
cata verdura no terreno
que ele não
deixa ficar baldio
é parcela do patrão

tira o pixo do tapume
varre a avenida
comenta alguma vida
na venda da dona maria
não tem esse nome
veio criança na guerra
não lembra de que país
não fala português

volta pra casa
entra no quarto

e da janela lembra
a vista que ele tinha
da favela da vergueiro
agora aqueles prédio tudo muro ali
antes era tudo morro

da rachadura no chapisco
que escorrega até o chão
brota uma verdura na parede uma
parece que uma espécie de uma planta
um musgo um broto um botão
que sempre o arismar
diz vou arrancar isso daí
e nunca que ele arranca não

rocinante

para João Aquilo

Esporeia
o cabaio,
esporeia
o sem-fim.

Carlos Drummond de Andrade

eu sou cavalo
navego em
desassossego

eu sou
cavalo navego
em desassossego

o chão tem sua resposta
se o casco executa
o freio

o chão tem sua
resposta se o casco
executa o freio

nas minhas costas
tem um
cavalariço negro

nas minhas
costas tem um
cavalariço negro

com armadura de máscara
e voz solta
em devaneio

com armadura de
máscara e voz
solta em devaneio

quando surgia
um cavaleiro de aço forte
valentia de sonho e sorte
tinha pra lhe derrubar

meu cavaleiro
não precisa de preço e corte
basta peso, metro e galope
pro chão ser outro lugar

cambona

Não há transformação, revolução, luta, caminho.
Você já é o monarca de sua própria pele —
sua liberdade inviolável espera ser completa
apenas pelo amor de outros monarcas:
uma política de sonho, urgente como o azul do céu.

Hakim Bey

já pensou se quem fosse uma palavra
fosse mais do que a lavra: uma pessoa.
sendo carne na frase que ela entoa
tendo corpo, caroço, tendo cara.
imagina se a voz então falada
se tornasse na pele o que ela inventa
e seu canto quem ouve se alimenta
e sem fome haja sonho e seja a máscara
de quem ouve uma casa, uma diáspora
rumo à próxima voz de um corpo prenha.

pluma de cavalo

Mia cavalo anda em pé, iorô
Mia cavalo come em pé
O riabo leva o cavalo
Mia cavalo anda em pé[1]

[1] Trecho de "Canto VI", um dos vissungos (cantos de trabalho afro-brasileiros da Zona Rural de Diamantina e Serro, Minas Gerais) registrados pelo linguista Aires da Mata Machado Filho, e publicados em 1943 no livro *O negro e o garimpo em Minas Gerais*. O mesmo canto foi gravado em 1982, na voz de Geraldo Filme, no disco *Canto dos escravos* e também no disco *Anganga* (2015), de Juçara Marçal e Cadu Tenório.

gravura

para Carlos Drummond de Andrade

é certo que algo
ainda se cria
na lida e na lavra
dos dias que mais
parecem feitos
de madeira rígida
imoldável
madeira diamantina

é certo que ao menos
a lâmina ainda se esculpe
nessa lavra
e de tão bloqueada
na lida, aos golpes
seu gume ao menos se afia

joão cabral

o esqueleto é uma faca fincada
sob a pele, por dentro ele rasga

nossa carne, força que sejamos
como postes, como se cravados

nas alturas. mesmo quando o corpo
nunca firma, nem sonha a menor das

altitudes. sermos empalados
pelos ossos: esse o nosso fardo

de estar vivo. e se isso nos obriga
dente alerta, que ele morda a vida

como a faca, como esse esqueleto
compelido, cumpridor do medo e

do juízo. tem como metáfora
o jaez, que ao cavalo causa

tal silêncio, mas não fica fora,
finca dentro, tão interna obra

o esqueleto: cala enquanto medra
seu engenho, marca e mesmo atesta

na pessoa, como um cão ao lado,
sua coluna (duro sustentáculo),

incapaz, porém, por mais que crua,
de ser lâmina ao que cria e funda,

de pôr ordem, corte ou revelia
sobre o forte músculo da língua.

exílio

o poema não está
deixou sobre
            a mesa de recados
            um lenço
 de papel sem
  endereço ou telefone

quando visto pela última
            vez carregava
                                    traços de quem
            há tempos caminhava
                        contra algo
            que era como
                       um vento atirado
por canhões o tempo
                  todo ordenados
                                    sob cálculos

                sabemos, pois
câmeras secretas
                     documentaram-no
            aturdido entre quadras
            e quadras inteiras
                       de prateleiras que

gritavam seu nome
repetidamente em cores
diferentes em
cores diferentes
em cores diferentes
sempre em cores
diferentemente aos gritos

dizem sentir dele falta
de consideração pela máquina
que ainda se
dispunha a sustentar-lhe
as pernas, o porte,
o nome que tinha,
o custo necessário para
mercar-se
por isso, então,
dizem, o poema desapareceu

mas o poema está aqui mesmo
deixa lenços de endereço
telefones de papel
sobre mesas sem
recado em prateleiras
de silêncio cujo talhe
apenas reconhecem
os maquinários
de vento e nomes
somente calculáveis como
pernas como portes
como falta como

gritos como
cores secretas
diferentes

monumento

para Manoel de Barros

foi quando
a velhice emoldurou
as minhas páginas
amarelamente
com a gordura dos dedos
que lá era um monumento
de nuvens inéditas,
ciscos e postes
sem cercas.

eu era voo
e tremi ao percorrer
as janelas daquelas
estátuas de
ar, poemas

pois nelas
também,
além das trovoadas
estarem, estão
a única terra
onde se pisa adiante

a úmida e silenciosa
confiança que há
nalgumas cascas e plantas

e as mais execráveis
importâncias do mundo
de braços dados
até mesmo com as
mais gloriosas abominações
por exemplo, um monumento

nada se transforma
(há muito mais restos
nos ponteiros
do que horas)
a não ser
que, depois de somados, os mais
dispensáveis resíduos
do pó
sejam alçados como uma infantaria
de balões familiares

e cavalguem
em passeio pelo céu
que inventam ao seu
modo de fábrica vazia
a nos estender
asas em completo desuso

receita

calêndula para acalmar a pele que ferve
babosa para esconder a ferida
cometas
matrioskas incompletas
rabecas sem quem as toque
atletas sem competição
o choque sem armas escudo soldados
uma inundação no mar
escolas que enfim saibam que nada ensinam
cópias de documentos vencidos de antigos inquilinos
outra inundação, mas nos apartamentos do alto da cidade
uma novidade que seja
recortada das manchetes
uma vontade que não cesse
uma ferida aberta por séculos
uma mesa posta há semanas
fotos dos últimos mortos de aleppo
um pouco de grana
uma casa cujos móveis permanecem fora do lugar
uma toca vazia de qualquer animal
pedras de sal
um par de baralhos cujas cartas fossem sempre
repetidamente o louco e o mundo o louco
e o mundo

todo tipo de verme que se possa encontrar no fundo dos terrenos baldios
abrigos à beira das mais áridas estradas
maletas sem nada, coisas algumas, ninguém
um vagão de trem desses monumentados de musgo nas estações sem viagem
caixas-pretas de navios negreiros
árias feitas pra nenhuma voz
folhas secas sem deixar os galhos
uma palavra só lâmina
uma pedra embebida em molotov
oito pra nove rosas brancas
um boi desgarrado a correr
uma cabra tornada santa
cobra, quiabo, cisal
e uma carranca

ferva tudo na pele do peito
por vinte e quatro horas ao dia
então unte com a mistura
por dentro das paredes
da boca, da garganta, da máscara que é o rosto
e enfim por dentro da palavra
e então arda e então água
deixe esfriar, secar, fixar-se
no cerne da carne
e no páreo do passo adiante

eternidade

para Leandro Oliveira

que verdade
ou vitória
e em que forma
de disfarce,
monumento ou glória
seria capaz
de inocentar o ódio
que move
e o sangue
que escorre
dos bolsos
dos vencedores
em tom de ópio
enquanto empoeiram
seus pódios?
que luzes?

que silêncio
ou calabouço
(de que orquestra?
de quantos tambores?)
seria ou já foi
um dia

capaz de calar o ódio
e o sangue
daqueles que
derrotados
cantam pulsantes
— mesmo que
já mortos —
sua necessidade
e desejo
de revanche?
que sombras?

muro

para Thiago Sá

a neurose é a mais nova paz de espírito

Sociedade Mística de Insurreição
Linguística, 1189/1198

as ideias
quando nos
apresentadas como novas,
como maneiras,
caminhos, primeiro
parecem bússolas.

então elas
se assentam, misturam-se
com outras
de colorações todas
ambíguas.

podem tornar-se bandeiras,
métodos, produtos.
salvarem-se
enterradas na areia,
para que encontrá-las depois

de milênios, semanas
seja
para qualquer espécie
de natureza
recém-insurreta
ao menos um susto.

podem elas
as ideias
porém
ficar quietas
e na manufatura diária
desse silêncio
guardarem-se ao estrago
ou fazerem-se repletas
de explosão

um elefante

baixei os olhos, incurioso, lasso,
desdenhando colher a coisa oferta
que se abria gratuita a meu engenho.

Carlos Drummond de Andrade

observa a humanidade
sem pesar

o que ele sabe
sobre as palavras
é o suficiente

contra o nada
e em favor
de todas as lutas
o elefante
arma
suas silenciosas presas
e jamais
ataca

(pois é minúsculo
e alado
em seu pleno
despejo

sobre a terra
e após o paraíso)

atacaria talvez
se colocado
em face do
infinito
que não deseja

mas como
o faria
um aríete
em ruínas
ou
um vendaval
na memória
ou
uma tempestade
anterior
ao tempo
acontecendo sempre
em cada júpiter,
momento
e em todo
átomo além.

sua carne
por ser
antes calo
do que sal
é seu escudo

seu passo, suas ideias
são

e nem ao mais intranquilo mar
haveria a necessidade
de ser dita uma
certeza sequer
pela língua
escura
de um elefante

deserto

para Renan Nuernberger

mais a violência limpa
que elas têm, tão exatas,
o gosto do deserto,
o estilo das facas

João Cabral de Melo Neto

esta praia é imensa
a quilômetros de areia
de nós está
um mar
menos de onda e espuma
do que de ressaca

não sabemos
percorrê-lo a nado
pois toda
a areia daqui
basta ao
nosso desejo

mas mira:
podes crer
nas árvores
que vês aqui
fincadas
como soldados
sem ordem?

elas têm uma dança
de expressão
invisível

repara como
tronco galhos
folhas e seiva
apontam seu
movimento
de serpente sem chão
em direção
ao sol sem
nunca lhe ter
sabido, pois afinal
estiveram sempre
sob a sombra
em constante construção
à sua volta

notas
que em mesma
proporção
as raízes como

relâmpagos
mergulham na
areia sem conhecer
água, mesmo a salgada
do mar ou seu vapor?

percebes
o modo como ambos
se radicam
em simultâneos
solo e céu?

não é como
se essa dança
caulescente e o mergulho
camicase dessas árvores
sob essa nossa areia
sem nunca beberem
água alguma
não soubessem
de fato para onde ir
a não ser que no fundo?

assim na ausência
do que necessita
é que parece se sustentar
a dança secreta
dessas árvores desertas

seria como se além
de uma esquiva imprecisa

ou um escudo imprestável
o voo e a dança que
seus braços exercem
forjassem
contra qualquer disparo
em seu encalço
uma exata maneira
de se armar?

martelo

para Rafa da Rabeca

um martelo que exerça seu retorno
na injustiça daquele que o lançara
como um verso ou palavra que domada
tão somente desvaira em desconsolo
feito um boi recheado de osso e estouro
pela cerca se castra do distante
touro quieto, possesso em seu levante
quando salta o cercado solta mundo
vaca sólida, couro puro escudo
o martelo é seu chifre de revanche

cavalos soltos

para Roberto della Santa e Luiz Ruffato

há cavalos soltos
no pátio interno
e não se pode deixar
desconsiderar
sua presença inteira
no solo
que amaciam
em trote

ou no piso
que eles, os cavalos
soltos,
quebram em trote
para que irrompa dali
o solo que amaciarão
até que se torne
areia

os cavalos,
todos soltos,
estão também
no salão
de festas

enquanto não há pessoas
festejando

eles eram muitos
e soltos

eles tomaram os campos
de futebol
e serão
necessárias reformas
de ampliação
para que corram
por campos de futebol
imensos

seu trote tornará
o solo dos campos
dos pátios
e dos salões de festa
areia

cavalos quando soltos
são feras de praia
que tornam tudo
areia
num acordo entre o que
o mar necessita
e o que desejam
do mar

cavalos são soltos

como a areia que fabricam
do atrito que se dá
entre seus cascos
e os campos
e os pátios
salões e praias

são hipocampos
pégasos pousados
num chão elástico
unicórnios alados
a correr pelas praias

evidenciando que
não se pode expulsá-los
evidenciando
que ainda
não há suficiente espaço
para que corram
devidamente soltos
e exerçam sua
função de sonho:

tornar tudo
inclusive os cavalos
soltos, baios
os cavalos de praia
ou mesmo o piso
dos salões e pátios
tornar tudo
parte desse solo que
almeja o mar

essa é sua tarefa e desejo:
os cavalos soltos
desejam tornar-se
e tornar-nos, em trote,
cavalos de areia, praia
solo
soltos
mar

potro

vale dez mil
corre a terra cercada
já foi uma plantação
um verso, uma volta
uma nova fileira de hortaliças
ou era as raízes
as cebolas, a cana, o sal

as aves carregam as sementes do bicho
assim, para além dos mourões
ele transcende os chãos

pois terreno de salto é o seu preço
corre mais perigo é tendo medo
e sendo novo, não se apeia
desse branco de página
sem, ao menos, correr-nos

Vi as éguas da noite entre os escombros
Da paisagem que fui. Vi sombras, elfos e ciladas.
Laços de pedra e palha entre as alfombras
E vasto, um poço engolindo meu nome e meu retrato.

Vi-as tumultuadas. Intensas.
E numa delas, insone, me vi.

Hilda Hilst

posfácio

por Thiago Sá

do pescoço, dos fios da garganta, fizeram os rios. esticaram cada crina, cada grito e cada canto em fluxo e queda. e como o cavalo só falava a galope, os rios esticados ficaram silenciosos. a única voz é um sussurro de longe, do conjunto das águas da terra, mas que, parando e calando, ainda fala música.

em seguida os irmãos suspenderam os passos do cavalo. transformaram o que se pisa em o que se cobre, o que se come em o que se imagina. a grama e a terra toda foram espalhadas e penduradas com o sopro deles, e viraram o céu e as estrelas, um pasto para as bestas de além dessa nova terra. por isso que a gente caminha mesmo é na memória, no útero exposto desse céu de cavalo que se vê lá em cima, em noite sem lua.

aí abriram as costelas. uma a uma, puxaram e prenderam em retas com cera de abelha. o coração, os irmãos enterraram bem no centro da terra, e dessa semente-tambor brotou a primeira casa. em volta, as costelas esticadas apontavam como um sol para todas as direções, desenhavam todos os caminhos do mundo conhecido. por essas trilhas, os irmãos podiam viajar longe e sempre voltar para casa escutando a batida, o pulso que ainda vibra no osso da costela.

depois puxaram o couro até ficar translúcido, esticaram afastando-se uns dos outros pelos novos caminhos de costela. o couro quase transparente abriu-se em pintas, sinais, cicatrizes e estrias.

as marcas foram escurecendo com a água dos rios, e as partes lisas do couro clareando até quase que não se viam mais. assim os irmãos criaram as gentes todas do mundo, essas marcas diversas que ondulam juntas, ainda ligadas pela mesma atmosfera de couro invisível. mas para manter a pele esticada, ressoando mesmo, os irmãos iam ficar para sempre separados. cada um puxa do seu lado.

quem me contou foram eles. vieram de noite, um por um. assopravam no meu ouvido e deixavam uma pena no chão. e as penas em fila, noite após noite, até desenhar um caminho novo, uma trilha que subia além das trilhas de costela, fora das trilhas do mundo conhecido, fora do em cima embaixo, terra céu, céu e terra. segui as penas até o lugar em que as vozes rios se encontravam no fim e escutei a história ali mesmo, protegido do vento entre duas pedras. foi o dia em que vi o mar pela primeira vez.

■ primeira edição
■ abril de 2019